Taïna est en feu

Taïna désire Marvens plus que tout au monde

Ashley Colem

This is a work of fiction. Similarities to real people, places, or events are entirely coincidental.

TAÏNA EST EN FEU

First edition. October 16, 2023.

Copyright © 2023 Ashley Colem.

ISBN: 979-8223718796

Written by Ashley Colem.

Also by Ashley Colem

Bien Trop Brutal
Obsede Par Elle
Limite dépassée
Amour Improbable
Kataliya, la Parfaite Élue
Le Choix Ultime d'un Seul Amour
Réveille-toi, Barbara
Sexe à Répétition
Taïna est en feu

Marvens Telson cache quelque chose. Il connaît sa compagne, mais il ne lui en a pas parlé et il n'a pas fait valoir ses droits sur elle. Il le veut plus que tout, mais Taïna Cain est... faible. Il doit la protéger, et il le fera, même s'il doit l'éviter. Cependant, c'est douloureux d'être proche d'elle sans la revendiquer. Il est obligé de céder lorsqu'il la voit seule. Elle doit être la sienne.

Le corps de Taïna est en feu après un seul baiser. Lorsqu'il la convoque dans sa cabine, elle veut qu'il comprenne qu'il a tort car elle n'arrive pas à croire que cet homme soit le sien.

Les Marvens ne s'y trompent pas. C'est le patron. Taïna le veut plus que tout parce qu'il est dur, tenace et n'accepte pas de réponse négative.

Leur union ne peut plus être cachée à cause de la pleine lune imminente. Marvens pourra-t-il la défendre contre la meute qui, craint-il, pourrait interdire leur union ? Il fera tout ce qu'il faudra pour la protéger, quoi qu'il arrive. Il est temps que la meute comprenne à qui elle a affaire, car elle est leur compagne.

Chapitre 1

Marvens Telson regardait du côté du parking où Taïna Cain chargeait sa camionnette pour livrer les sandwichs du jour. La ville de Ville abritait certains des loups-garous les plus meurtriers du pays. C'était une meute dont il était l'alpha, et à cause de cela, il ne pouvait pas se permettre d'être faible.

Taïna était un loup faible.

Elle n'a pas dominé ni forcé la main pour obtenir le pouvoir. Elle prenait son temps avec tout le monde. Pour la meute, elle était la mère attentionnée qu'ils voulaient tous être. Peu importe ce que voulaient les gens, elle était là pour eux.

Ce qui rendait si difficile pour lui de détourner le regard, c'était que Taïna était aussi sa compagne. Mais son gène de loup était si faible qu'elle ne pouvait même pas sentir qu'il était son compagnon.

Il y avait tellement de femmes dans la meute qui auraient faim de son contact, de son attention, et pourtant c'était la petite Taïna, la jeune femme qu'il considérait toujours comme faible et dont elle s'inquiétait constamment parce qu'elle ne pouvait pas se défendre, qui était en fait son compagnon.

S'il faisait savoir à quelqu'un qu'elle était sa compagne, les femmes la contesteraient pour avoir le droit d'être à ses côtés, il en était sûr.

Comme il était l'alpha le plus redouté de tout le pays, les femmes étaient attirées par lui et par le pouvoir qu'il détenait à sa portée.

Aucun autre alpha ne pourrait forcer un loup à changer sur un coup de tête. Il contrôlait ses Marvens, contrairement à la plupart des hommes et des femmes de Ville, qui étaient toujours à la merci de leur monstre.

En sortant de sa voiture, il savait que la meute sentait sa présence.

Ce n'était pas parce qu'il ne pouvait pas revendiquer Taïna qu'il n'était pas attiré par elle, où qu'elle soit.

Elle venait juste de finir de charger le dernier des sandwichs, qui seraient remplis de toutes sortes de viandes et de fromages.

Au moment où il s'est approché, elle s'est tendue.

"Alpha", dit-elle en baissant les yeux en signe de respect et en inclinant légèrement la tête.

Avec lui aux commandes, ses Marvens n'ont jamais exigé de soumission. En fait, il voulait regarder dans les jolis yeux bleus de Taïna. Regarder son cou lui faisait penser à la marquer. De la pousser contre l'arbre le plus proche et de la baiser durement et profondément. Lui faisant prendre chaque centimètre carré de sa grosse bite alors qu'il répandait son sperme en elle.

En un rien de temps, elle se rendrait compte à quel point il voulait s'accoupler avec elle.

"Taïna." Il prononça son nom mais ne dit rien de plus. Il inspira brusquement, l'eau à la bouche au soupçon de vanille et de cannelle.

Elle adorait cuisiner, et bien, il adorait la parfumer. Elle était vraiment... une beauté.

Ses longues mèches noires seraient si belles enroulées autour de son poing pendant qu'il la baisait. C'était aussi une femme ronde. De grosses cuisses juteuses qui le maintiendraient pendant qu'il la labourerait. Un ventre arrondi qu'il voulait voir plein avec ses bébés. De gros seins mûrs, il pensait à sucer chaque seconde de chaque jour. Eh bien, la plupart du temps, il y pensait. Mais il ne pouvait pas faire ce qu'il voulait, même s'il le voulait. Il devait toujours être un bon garçon.

"Qu'est-ce que je peux t'offrir ?" elle a demandé.

Il remarqua que ses mains tremblaient un peu. C'était la seule chose qu'il détestait chez lui, sa capacité à faire craindre quelqu'un d'aussi doux et gentil que Taïna.

"Rien." Il mangerait tout ce qu'elle avait touché.

"D'accord. Je sais que tu aimes le jambon et le fromage avec tous les extras. Elle fredonna puis en sortit une longue, ressemblant à une baguette. "Voici. Fraîchement préparé aujourd'hui.

"Par toi?"

"Désolé?"

"Est-ce que tu l'as fait?"

"Oui. J'ai même préparé tous les sandwichs.

Depuis qu'il avait découvert que cette femme était sa compagne, il ne pouvait manger que de la nourriture préparée et préparée par elle. Il ne savait pas pourquoi, mais il éprouvait un véritable dégoût pour tout ce qui était fait par une autre femme. Il n'allait pas se plaindre.

Elle était méticuleuse, une fabuleuse pâtissière et cuisinière.

Les hommes et les femmes de la meute l'adoraient.

S'il n'y avait pas eu des salopes méchantes et malveillantes qui se disputaient son affection, il l'aurait déjà réclamée. Il devait d'abord s'assurer qu'elle était protégée.

Comme elle était faible, il ne pouvait pas permettre à une autre femme de la toucher, même de penser une seule seconde qu'elle pourrait lui faire du mal. Il massacrerait quiconque penserait pouvoir lui enlever sa femme.

Taïna Je ne m'en rendais pas encore compte, mais elle lui appartiendrait bientôt.

Mais il n'allait pas la mettre en danger.

"Viens-tu au bal ce soir?" » demanda Taïna.

"Danse?"

« C'est le dernier vendredi avant la pleine lune. Nous organisons tous une danse mensuelle où nous nous détendons et nous amusons.

"On ne se retourne pas avec la pleine lune."

"Je sais, mais j'aime marcher pendant ce temps-là."

Il sentait la honte et il ne voulait rien faire d'autre que la serrer contre lui et lui faire savoir qu'elle n'aurait rien à craindre.

De toute la meute, elle était la seule à ne pas avoir réussi à se transformer en loup. Certaines parties d'elle le pourraient. Il les avait vus, une main, un pied, son visage, mais elle n'avait jamais pu succomber aux pressions de la pleine lune.

Un jour, il allait l'aider, mais ce n'était pas le moment.

"Merci pour le sandwich." Il sortit de l'argent, mais elle secoua la tête.

"Pour toi, Alpha, c'est offert par la maison." Elle lui offrit un sourire et sa bite se contracta. Il voulait tellement la baiser, mais il ne pouvait pas le faire.

Forçant un sourire sur ses lèvres et se répétant à plusieurs reprises dans sa tête de s'éloigner, il se tourna et partit.

Il avait tellement de travail à faire, et entraîner Taïna jusqu'à sa cabane et lui montrer à quel point elle irait bien au bout de sa bite, ce n'était pas comme ça qu'il pouvait passer son lundi matin.

Lorsqu'il pourrait enfin la récupérer, il avait l'intention de s'assurer que la meute sache qu'il ne pourrait pas être dérangé pendant au moins un mois.

Sa mission avec Taïna était de mettre son bébé en elle le plus rapidement possible.

****

Jusqu'à présent, il n'y a pas eu d'effusion de sang lors du bal, et pour Taïna, elle était heureuse. Elle détestait la vue du sang et cela la rendait souvent malade. Pas que quiconque puisse le savoir. Elle ne dirait jamais à personne ses réactions au sang. Ils riraient tous, et c'était déjà assez dur d'être un loup immuable, encore moins un loup qui ne supportait pas la violence.

Elle détestait ça.

Elle adorait la meute, même si elle la jugeait trop. Son incapacité à bouger était en fait le sujet de toutes les conversations en ville. La plupart des membres de la meute la méprisaient à cause de cela. Si elle ne pouvait pas cuisiner ou prendre soin d'eux, elle croyait sincèrement qu'elle serait exclue de la meute.

Il y avait des moments où Marvens était proche et lui envoyait des signaux déroutants. Ce que personne dans la meute ne savait d'elle – et elle gardait cela secret – c'est qu'elle pouvait flairer les mensonges et la tromperie des gens.

Chaque fois que Marvens était proche, une odeur venait de lui, quelque chose qui lui mettait l'eau à la bouche, et la tentation de s'allonger et d'écarter les jambes pour lui était forte. En s'approchant du bar, elle sourit au barman, Phillip, qui lui tendit un verre d'eau.

"Je te le dis, ce soir je vais baiser l'alpha. Il va m'appartenir et il va voir à quel point je peux faire de cette meute une bonne chose », a déclaré Lorna.

Lorna était l'une des femmes les plus fortes et les plus dominantes du peloton. Alors même que l'odeur de sa force l'entourait, Taïna détectait un soupçon de mensonge et d'insécurité. L'alpha ne lui a montré aucun intérêt. Elle le savait, et Taïna aussi.

"Il ne pourrait pas trouver une femme plus compétente", a déclaré Rachel. Elle était la championne numéro un de Lorna et d'après ce que Taïna pouvait en dire, quelqu'un qui était très amoureux de Lorna.

Elle n'allait pas y aller.

«Tu as fait du bon travail, Taïna», dit Lorna.

Il fut un temps où ils étaient amis à l'école. Cependant, lorsque Taïna n'a pas réussi à se transformer en loup, Lorna s'est éloignée d'elle.

"Merci. J'espère que vous apprécierez et n'oubliez pas au moins de danser, s'il vous plaît. Elle offrit un sourire à Lorna avec Rachel.

"Tu sais que tu n'es pas obligé de lui parler", dit Rachel. « Tout le monde sait qu'elle est boiteuse. Je n'arrive pas à croire que nous la gardions même dans la meute.

"Faites attention à votre langue", dit Lorna. « Taïna est une meute et le sera toujours. Votre aversion pour elle est infondée et franchement cruelle. Elle ne vous a rien fait.

Taïna est partie, ne voyant pas l'intérêt d'essayer de lutter contre son camp. Lorna l'avait fait pour elle, et Taïna avait pris note de lui envoyer un panier cadeau rempli de friandises le matin.

Elle avait besoin d'air frais.

L'odeur du besoin, du sexe et de la violence était lourde dans l'air, et lorsque cela se produisait, elle se sentait un peu dépassée.

Une fois la porte franchie, elle contourna le bâtiment et se dirigea vers l'arrière du bar en direction du lac.

Elle adorait être au bord du lac car l'eau calme l'aidait à calmer ses nerfs comme rien d'autre ne pouvait le faire.

Prenant une profonde inspiration, elle regarda le lac, voyant à quel point il était beau. Il y avait des poissons qui nageaient en dessous, mais la meute préférait la chasse à la pêche.

"Tu ne devrais pas être ici toute seule", dit Marvens, la surprenant.

Elle se retourna et, bien sûr, l'alpha, qui faisait deux fois sa taille, avec ses muscles purs, se tenait là, l'air un peu... déchiré.

"Je suis désolé. La danse est dans la grange. Il y a beaucoup de femmes qui vous attendent. Il y avait encore cette odeur. Celui qui lui donnait envie de s'approcher de lui et de lui passer les mains partout.

Mais elle n'a pas cédé aux odeurs.

« Que fais-tu ici ? Est-ce que quelqu'un vous a contrarié ?

"Non. Bien sûr que non. Je prends juste un peu de temps pour me détendre. Elle lui sourit. "Tu es venu."

Elle était si heureuse qu'il l'ait fait.

Il la surprit alors qu'il faisait un autre pas vers elle.

Taïna resta parfaitement immobile à son approche. Inclinant la tête en arrière, elle n'avait pas le choix et pouvait le regarder.

"Je ne veux pas que tu sois seul ici."

"Je suis parfaitement en sécurité."

« Je suis l'alpha. Ma parole fait loi, et quand il s'agit de toi, tu n'es pas en sécurité.

Elle posa les mains sur ses hanches. "Excusez-moi ?"

"Tu m'entends. Tu n'es pas en sécurité et je ne te ferai pas de mal.

"Est-ce parce que tu penses que je suis faible ?"

"Tu es faible, Taïna."

Il lui attrapa le bras, et au moment où elle la toucha, elle ne put s'empêcher de le retenir. Alors même qu'elle essayait de le combattre, elle enroula ses bras autour de son cou et appuya son visage contre celui-ci. Il sentait le paradis.

Tellement riche et addictif.

Sa chatte est devenue glissante.

Elle était vierge et, à cet instant précis, elle voulait se presser contre toute la longueur de sa queue et le frotter jusqu'à ce qu'il jouisse.

Marvens laissa échapper un grognement, et en quelques secondes, elle fut pressée contre un arbre. Son cœur battait à tout rompre, mais ce n'était pas par peur. Elle ne savait pas ce qui se passait, seulement qu'elle ne pouvait s'empêcher de désirer davantage de son contact.

"Que se passe-t-il?" elle a demandé.

Marvens Il la regarda pendant ce qui semblait être le plus long moment, ses yeux verts devenant légèrement ambrés avant de redevenir verts. Il lui attrapa les bras et les pressa au-dessus de sa tête.

"Tu vas garder ta putain de bouche fermée à ce sujet."

Avant même qu'elle puisse lui demander quoi, ses lèvres étaient sur les siennes et elle fondait sous son contact. Ses lèvres prirent possession des siennes, et alors qu'il mordillait un peu, un besoin pour lui commença à se développer plus fort que jamais.

Chapitre 2

C'était à cela que ressemblait le paradis. Depuis très longtemps, Marvens essayait d'ignorer ce besoin de Taïna, mais la voyant toute seule, vulnérable, sexy comme de la merde dans sa jolie petite robe, il ne pouvait pas s'en aller. Il ne voulait pas. Elle était conçue pour être baisée, et le destin avait fait en sorte qu'elle soit sa compagne.

Il le savait depuis longtemps, et maintenant, il ne pouvait plus s'éloigner d'elle.

Il ne voulait pas.

Elle était tout ce qu'il avait toujours voulu et il ne pouvait pas la laisser partir. Pas maintenant.

Enfonçant ses doigts dans ses cheveux, il la maintint en place tout en lui ravissant la bouche. Il n'y avait rien de doux dans son besoin d'elle.

S'échappant de ses lèvres, il descendit jusqu'à son cou, juste au-dessus de son pouls, qui battait à tout rompre. Il pouvait sentir son excitation, et c'était vraiment grisant. Passant sa langue sur son pouls, il n'attendit pas pour prendre une bouchée, et ce faisant, elle laissa échapper un halètement. Il lui couvrit la bouche avec sa main.

La dernière chose qu'il voulait en ce moment était que quelqu'un les trouve.

Sa queue menaçait de sortir de son pantalon, et même s'il la voulait, il n'allait pas emmener sa compagne contre un putain d'arbre.

Pas ce soir.

Il mordit un peu plus fort. Les sons de ses cris étaient étouffés par sa main, mais cela ne le dérangeait pas. Il avait tellement envie de la baiser, mais il devait se rappeler qu'il devait attendre.

Au loin, il entendit des gens venir vers eux, probablement dans l'espoir de profiter de l'eau.

Il a arrêté de mordre et d'embrasser Taïna, mais l'a plutôt prise dans ses bras et l'a emmenée plus loin dans les bois, pour masquer leur odeur.

"Que fais-tu?" elle a demandé.

"Fermez-la."

"Ne me dis pas de me taire."

«Je suis ton alpha. Vous ferez ce qu'on vous dit.

"Alors pourquoi ne dois-je pas t'écouter ?" elle a demandé.

Cela fit arrêter Marvens. Il la reposa sur le sol et la pressa contre l'arbre. L'odeur de la terre les entourait.

"Tu ne veux pas te taire?"

"Non."

"Comme c'est intéressant", dit-il.

Ce n'était pas intéressant. Lorsqu'il donnait un ordre à la meute, ils devaient le suivre sans poser de questions. Il n'avait jamais donné d'ordre direct à Taïna, mais ce serait la première fois de sa vie d'alpha qu'on ne lui obéissait pas. Il ne savait pas s'il aimait ça.

"Tu ne veux pas te taire?" Il a demandé.

"Non. En fait, je veux savoir pourquoi tu viens de m'embrasser tout à l'heure.

"Je pense que c'est évident."

"Quoi? Vous embrassez toutes les femmes de la meute ? elle a demandé.

Il y avait une pointe de défi dans sa voix et une étincelle dans ses yeux qui le rendait si dur. Il voulait juste la baiser, mais il devrait attendre.

"Non, je ne le fais pas."

"Alors qu'est-ce que c'est?"

Il pressa sa bite contre son ventre. "C'est ce qui compte."

Elle haleta.

« Et tu sens ce que je veux, Taïna. La question est : qu'allez-vous faire à ce sujet ? » Il a demandé.

Beaucoup de femmes auraient ouvert les jambes, se seraient écartées pour lui et lui auraient dit de faire ce qu'il voulait.

Il semblerait que Taïna ne soit pas une femme comme les autres. Elle lui attrapa les épaules et le poussa violemment.

Il bougea à peine, mais il lui laissa la distance dont elle avait clairement besoin.

« Je ne ferai rien parce qu'il n'y a rien à faire. Vous aimerez peut-être dormir, mais j'ai fait la promesse de me réserver pour mon compagnon et je le ferai. Il sera le seul homme à m'avoir. Alpha ou pas, je ne te dois rien. Je te suis fidèle, mais cela ne veut pas dire que tu as mon corps.

Ses lèvres étaient gonflées. L'odeur de sa chatte était lourde dans l'air, et elle ne voulait pas le baiser ?

Il trouvait cela un peu difficile à croire, d'autant plus qu'elle était excitée par lui.

Mais il savait aussi une chose qu'elle ignorait : il était son compagnon.

Taïna avait gardé sa virginité pour l'homme avec qui elle avait l'intention d'être.

Il obtiendrait une vierge.

Une infime partie de lui était vraiment excitée par ça. Une femme qui n'avait été touchée par personne d'autre. Quelqu'un qu'il pouvait montrer, instruire et guider sur la façon dont il la voulait. Pour lui donner tout le plaisir qu'elle méritait. Puis une autre partie de lui était un peu énervée. Elle allait être vierge, ce qui signifiait qu'il allait devoir y aller doucement. Il allait y avoir de la douleur.

La première fois d'une femme n'a jamais été facile.

Putain.

Il ne savait pas s'il pouvait être doux.

Être doux n'avait jamais été dans sa nature, et maintenant, il devrait l'être. Pour elle.

Putain !

Il voulait juste continuer à répéter ce mot pour que cela ne le dérange plus.

Non, il allait falloir être doux avec Taïna.

« Maintenant, si vous voulez bien m'excuser. Je sais qu'il y a quelques femmes au bar qui aimeraient vraiment danser avec toi.

Il la laissa faire quelques pas supplémentaires, mais il ne pouvait plus continuer cette mascarade.

Elle ne le dirait à personne et il avait espéré qu'elle sentirait également qu'il était son compagnon.

Il semblerait que sa faiblesse s'étendait au fait de ne pas savoir qui était son compagnon. Il ne savait même pas comment il avait obtenu cette putain de courte paille, mais il l'avait certainement fait.

"Tu es mon compagnon", dit-il.

Elle s'arrêta de marcher et il la regarda.

Elle lui tournait le dos, mais elle était tendue.

"Quoi?" » demanda-t-elle en se tournant vers lui. Il aimait ses yeux, perçants, bleus et chaleureux.

"Tu es ma compagne, Taïna, ce qui veut dire que cette petite cerise que tu sauves est toute à moi." Il ne voulait pas être grossier ; cela lui est venu naturellement.

Taïna était à lui, et que cela lui plaise ou non, un jour prochain, elle lui appartiendrait.

****

«Vous mentez», dit-elle.

Son cœur battait à tout rompre dans sa poitrine. Il n'était pas possible qu'elle soit sa compagne. Elle l'aurait su, n'est-ce pas ?

Vous avez un odorat très développé, mais certains de vos sens de loup ont toujours été éteints.

Tout comme elle ne pouvait pas toujours détecter les créatures dans la forêt. Son audition était bonne, mais pas aussi bonne que celle de certains pisteurs et chasseurs de la meute.

Elle faisait aussi un peu trop confiance aux touristes, un trait qu'elle n'avait pas vraiment hérité de son côté loup.

Étant un loup, elle devrait naturellement essayer d'assurer la sécurité de la meute et parler rarement aux étrangers. Leur petite ville accueillait toujours quelques routards et elle était la seule à les approcher. Pour ne pas avoir peur d'eux.

"Je ne mens pas, Taïna."

Elle aurait pu sentir le mensonge.

C'est ce qui lui a fait peur.

Malgré son manque de traits de loup, elle en possédait un qui était rare. Sentir les mensonges, les vérités et toute autre odeur n'était pas courant. Elle avait entendu parler de ces histoires et quelqu'un comme elle était rare, et elle n'avait dit à personne ce qu'elle pouvait faire.

Marvens ne mentait pas.

En fait, maintenant qu'elle prenait un moment, elle pouvait sentir la chaleur sexuelle qui montait en lui. Cela avait toujours fait partie de Marvens chaque fois qu'il était avec elle. Elle avait pensé qu'il sentait comme ça autour d'elle parce que c'était son odeur distinctive. Chaque fois qu'elle s'était approchée de lui sans qu'il le sache, il ne sentait pas cette odeur.

Elle aimait son parfum.

C'était épicé, chaud.

Cela la tenait toujours au chaud sous ses vêtements, lui faisant penser au sexe et à bien d'autres choses qu'elle avait seulement pensé à partager avec son compagnon.

« Vous ne pouvez pas l'être. Si je suis ton compagnon, comment se fait-il que tu n'aies pas initié notre lien ? Tu m'aurais déjà pris. Elle croisa les bras sur sa poitrine dans l'espoir de se protéger.

Si elle était vraiment la compagne de Marvens, il y aurait beaucoup de femelles en colère dans la meute.

En le regardant, elle vit la pitié dans ses yeux.

« Vous vous êtes battu, n'est-ce pas ? » elle a demandé.

"Oui."

"Pourquoi?"

« Regardez la meute autour de vous », dit-il. « Il y a beaucoup de femmes qui voudraient prendre votre place. Qui voudrait de ce que tu as.

"Je n'ai rien."

"Vous serez. Ce pack. Être à mes côtés. Beaucoup de femmes tueraient pour ça.

Elle sentit les larmes lui monter aux yeux. "Tu as honte de moi."

"Non!"

Il regarda rapidement autour de lui, vérifiant si quelqu'un avait entendu son grand cri. Il était en colère.

Lorsqu'il s'avança vers elle, elle fut tentée de reculer, mais elle n'y parvint pas. Elle ne montrerait pas de faiblesse, pas maintenant, pas devant lui. Il ne la respecterait pas si elle faisait quelque chose comme ça.

Elle ne pourrait pas s'éloigner même si elle le voulait.

Même si ce n'était que pour cette fois, elle voulait sentir les bras de Marvens s'enrouler autour d'elle.

Il posa ses mains sur ses épaules et elle ferma les yeux, sentant son contact directement jusqu'au plus profond de son être.

Elle se sentait vivante.

Même son loup aimait qu'il la touche.

Ils ne faisaient rien d'autre que la toucher. Rien de sexuel, mais c'était comme si elle brûlait vive mais dans le très bon sens.

"Je n'ai jamais eu honte de toi", a-t-il déclaré.

"Alors pourquoi?" elle a demandé. « Tous les autres mâles qui ont trouvé leur compagne n'ont pas eu le choix, pourtant vous pouvez aller et venir à votre guise. Vous n'avez pas peur d'être avec d'autres femmes. Elle avait vu la façon dont certains hommes en couple réagissaient si d'autres femmes essayaient de se rapprocher d'eux. C'était une répulsion totale envers le sexe opposé. Elle n'avait jamais vu un tel rejet.

« Tu penses que c'est facile pour moi de te regarder de loin ? Pour ne pas te réclamer ? Pour ne pas sentir ton corps tout en courbes enroulé autour du mien ? Pour ne pas avoir ta chatte sur ma bite, trempée et me suppliant de venir ? Tu penses que c'est facile pour moi ?

"Je pense que tu as beaucoup plus de contrôle que ce que tu devrais vraiment avoir pour un homme en couple." Elle essaya de se dégager de ses bras, mais il ne la laissa pas.

Marvens détenait le pouvoir ici. Pas elle.

« Laissez-moi partir », dit-elle.

"Non. Nous ne sommes pas encore accouplés. J'ai fait attention à toi, Taïna. En fait, si vous y réfléchissez, vous auriez constaté qu'au cours de la dernière année seulement, nos chemins se sont croisés plus de fois qu'ils n'auraient jamais dû. Ce n'est pas facile pour moi. Vous pensez que ces hommes qui vous ont touché sont revenus meurtris juste pour s'entraîner ? Juste pour s'entraîner ? Non, j'ai veillé à ce que tout homme qui pense pouvoir s'approcher de vous soit puni.

Elle a ri. « Sans même qu'ils s'en rendent compte ? Tu es fou."

"Je ne suis pas fou. Tu n'es pas un loup fort, Taïna. Tu es faible et je ne laisserai personne blesser mon compagnon.

"Et alors? Tu vas t'accoupler avec une autre femme ?

Il grogna et le son l'excita. Elle aimait qu'il ne supporte pas qu'un autre homme la touche.

Elle n'avait jamais côtoyé un compagnon jaloux auparavant.

Attendez? Comment pouvait-il être jaloux ? Elle avait mentionné qu'il était avec une autre femme, pas elle.

« Aucune autre femme ne m'attire. Seulement vous. Tu es la seule femme que je veux. La seule femme qui m'importe. La seule femme que je veux voir gonflée avec mon enfant. Tu connais la vérité maintenant, Taïna, et je ne reculerai pas. Tu m'appartiendras.

Sur ce, il posa ses lèvres sur les siennes, et Taïna n'eut plus aucun combat. Pourquoi voudrait-elle combattre quelque chose qui lui semblait si incroyable ?

Il avait un goût incroyable. La chaleur qui émanait de lui était déjà une qualité addictive.

Elle gémit son nom, enroulant ses bras autour de son cou et voulant le serrer contre elle aussi longtemps qu'elle le pouvait.

chapitre 3

Quitter la danse était le seul moyen pour Marvens de se contrôler. Finalement, il a pu embrasser Taïna sans personne pour la voir, et la serrer dans ses bras, pour lui dire la vérité. La passion qu'il ressentait pour elle n'allait plus être enfermée dans une cage. Il voulait se libérer, la revendiquer enfin, mais pour ce faire, il devait la faire sienne, et pour que la ville le sache, elle ne serait pas blessée.

Comme la plupart des pleines lunes qui approchent, il se rendait souvent dans sa cabane pour prendre le temps de réfléchir et d'élaborer un plan pour la journée à venir.

Aujourd'hui, ce n'était pas différent, mais il avait aussi laissé à Taïna un grand bouquet de roses avec le message pour qu'elle vienne à lui.

Cela pourrait aller de deux manières.

Elle pourrait le combattre, et son loup adorerait plus que la chasse. L'accouplement serait difficile et il aurait du mal à se montrer doux pour la faire sienne. Encore une fois, cela ne le dérangeait pas. Ou bien, elle pourrait reprendre ses esprits et venir à lui comme un bon petit loup.

Il savait ce qu'il voulait entre eux. Il espérait seulement qu'elle avait plus de bon sens que de combattre cette attirance.

Elle ne pensait pas qu'il y en avait, mais il l'avait senti la nuit dernière. Son corps était prêt pour lui. Elle voulait cette revendication même si elle essayait de la combattre.

Assis sur son porche, il attendait. Le compte à rebours avait déjà commencé dans sa tête. Si elle n'arrivait pas dans la demi-heure suivante, il la cherchait. Elle n'aurait aucune chance une fois qu'il aurait fini.

Tout le monde dans la ville saurait à qui elle appartenait.

Alors qu'il s'apprêtait à aller la chercher, il entendit un claquement de brindille.

"Tu penses que tu peux m'invoquer comme un vilain enfant ?" » demanda Taïna en sortant de la forêt. "Vous êtes peut-être l'alpha, mais comme nous l'avons appris hier soir, je ne suis pas obligé de suivre vos ordres."

"Et pourtant, te voilà."

"Que veux-tu?" » demanda-t-elle en croisant les bras sur sa poitrine. La chemise qu'elle portait était un peu serrée et montrait la pression de ses seins pleins. Elle avait l'air spectaculaire.

Ces seins, ce cul, ses hanches, ses cuisses, ils lui appartenaient tous.

Une vierge.

Intact.

Et il allait s'assurer qu'elle sache comment se salir et baiser. Elle allait lui appartenir totalement.

"Tu sais ce que je veux." Il est descendu du porche et lui a donné des points pour ne pas s'être enfui. Elle n'avait même pas l'air d'avoir peur de lui, ce qu'il trouvait être l'excitant ultime.

"Tu ne penses pas que je suis assez fort pour être à tes côtés."

« La force n'est pas un problème. Je te protégerai, Taïna. Je ne supporte tout simplement pas l'idée que quelqu'un veuille te prendre. Il s'approcha d'elle.

Elle baissa les bras et il vit les pointes dures de ses mamelons appuyés contre le tissu. Sa poitrine était rouge et ses lèvres semblaient prêtes à être embrassées... ou mieux utilisées.

« Nous ne pouvons rien faire », a-t-elle déclaré. "Dès que tu me touches, la ville te sentira."

Elle reconnut son odeur d'accouplement. Intéressant.

Il rangea pour plus tard l'information qu'elle venait de laisser échapper.

En tendant la main, il joua avec la bretelle de sa chemise. Elle n'a pas bougé ni l'a repoussé. L'a-t-elle ressenti elle aussi ?

Sa main se tourna vers lui et il la voulait. La chaleur. Le besoin. Cela pulsait entre eux.

Il avait attendu bien trop longtemps pour le faire.

Regardant ses yeux bleus, il ne pouvait tout simplement plus se contrôler. Prenant ses lèvres dans un baiser brûlant et dévorant, il la souleva sans aucun effort. Elle laissa échapper un halètement et il l'avala alors qu'il la portait jusqu'à sa cabine. Claquant la porte, il la pressa contre elle.

Avec ses jambes enroulées autour de lui, sa chatte était juste à côté de sa bite douloureuse. Ils portaient beaucoup trop de vêtements et il a dû les enlever.

Il grogna contre sa gorge et ne voulait rien d'autre que de la baiser ici et maintenant contre cette porte.

Vierge.

Il devait continuer à se souvenir de son état de virginité.

Elle méritait plus qu'une bonne baise sans lit.

Les éloignant de la tentation, il l'emmena dans la chambre, seulement il la fit descendre au sol pour qu'elle puisse se tenir debout.

« Tu peux me fuir, Taïna. Je continuerai à vous rattraper et toute la ville verra notre combat. Ou tu peux rester ici, et je peux te réclamer. Tu deviendras mien, puis nous affronterons la ville ensemble et annoncerons à qui tu appartiens.

Ses respirations lourdes poussaient ces glorieux seins vers le haut pour qu'il les touche.

"Il y a tellement d'autres femmes qui conviendraient mieux."

Il grogna. « Personne dans cette meute ne serait mieux adapté que toi. Il ne s'agit pas d'une compétition de force. Tu es mon compagnon. Vous serez à mes côtés. Maintenant, enlève tes foutus vêtements. Il passa sa chemise par-dessus sa tête et la jeta au sol. Il avait fini de se disputer. Sa louve était en colère à l'idée qu'elle puisse même penser à une autre femme se tenant à ses côtés. Personne d'autre ne serait jamais assez bon. La seule femme qu'il voulait était Taïna. Elle était la seule femme qu'il accepterait dans une telle position.

Elle n'a enlevé aucun vêtement et il savait qu'elle allait essayer de s'enfuir.

Il l'attrapa par la taille et pressa ses lèvres contre son cou. Elle n'allait nulle part. Taïna avait un odorat très développé, et lui aussi. Elle ne voulait aller nulle part. Taïna voulait courir, mais elle voulait aussi qu'il la rattrape, et il était plus qu'heureux de le faire. Il voulait que son parfum soit partout sur lui pour que personne ne doute jamais de son appartenance.

****

TaïnaLa louve de Marvens adorait avoir les bras de Marvens autour d'elle, et elle aussi. Elle ne pouvait pas en avoir assez de lui. Il était tout ce qu'elle avait toujours voulu, et cela lui faisait peur qu'en quelques heures il lui ait fait ça.

Était-ce Marvens ? Ou le pouvoir de l'accouplement ?

Il la souleva facilement et la porta jusqu'à sa chambre. Elle n'était jamais entrée dans sa cabine auparavant, donc tout cela était nouveau pour elle.

Elle poussa un cri d'excitation alors qu'il la déposait sur le lit. Même si c'était sa première fois, elle n'avait pas peur. En fait, elle était plus que prête à tout ce qu'il voulait lui faire.

Si prêt.

Il la regarda, ses bras fortement encrés exposés. Elle aperçut le loup sur chaque bras, et ils étaient si sexy. C'était un homme fort, et elle lécha ses lèvres soudainement sèches alors qu'il se penchait. Ses bras allèrent de chaque côté de ses jambes alors qu'il la regardait.

"Tu n'as aucune idée de ce que tu me fais depuis des mois."

"Je sais." Elle ne pouvait pas s'empêcher de regarder son entrejambe, et bien sûr, pressée contre le devant de son pantalon, la preuve même de son excitation et de son besoin ressortait. Sa queue était énorme et elle n'exagérait pas.

Encore une fois, il devait se passer quelque chose avec cette hormone d'accouplement parce qu'elle n'avait pas peur.

Il taquina le bord de sa chemise, et avant même qu'elle ne réalise ce qui se passait, il la passa par-dessus sa tête et la jeta de côté.

Elle portait un soutien-gorge et il gémissait.

« Ces bébés ne devraient jamais être confinés. Quand nous sommes seuls, tu ne portes aucun vêtement. D'un simple mouvement de poignet, ses seins tombèrent libres, et cette fois, elle ne put que gémir alors qu'il prenait les deux dans ses mains.

Elle ferma les yeux, inclinant la tête en arrière pour lui donner accès à son corps. Ce n'était pas une erreur. Elle sentait à quel point c'était juste au plus profond d'elle-même.

Son besoin de lui en demandait plus, elle avait besoin de lui plus que toute autre chose.

"Oui!"

Elle haleta lorsque sa main passa entre ses cuisses, la touchant.

"As-tu une idée à quel point tu es sexy en ce moment?" Il a demandé. "Ton corps réclame ma bite, et je suis le seul à pouvoir te donner ce dont tu as besoin."

Elle n'allait pas discuter.

Il enleva son short et sa culotte suivit. Il était toujours vêtu d'un jean, mais elle s'en fichait.

Écartant largement les jambes, elle cria son nom alors que sa bouche se dirigeait directement vers sa chatte. Aucune autorisation n'était nécessaire, d'autant plus que sa langue commençait à danser sur son clitoris, la caressant.

Le plaisir fut instantané, intense, et elle ne put résister à l'assaut soudain du besoin alors qu'il l'amenait au bord de la libération.

Quel était l'intérêt de se battre ? Pas quand il savait ce qu'il faisait, et il le faisait si bien.

"Est-ce que tu aimes ça, bébé?" Il a demandé.

"Oui."

"Bien. Je veux que tu jouisses sur mon visage, et quand tu le feras, je vais te baiser gentiment et fort et te faire mienne.

Elle le voulait tellement, et alors qu'il continuait à passer sa langue sur son clitoris, elle sentit son excitation commencer à se développer.

Il était le maître. Celui qui est en charge.

Il l'a travaillée jusqu'à ce qu'elle ne puisse plus réfléchir, et alors qu'elle arrivait, Marvens ne s'est pas arrêté. Sa langue l'entraîna vers un deuxième orgasme en quelques secondes.

Elle avait passé beaucoup de temps à imaginer sa première fois avec un homme, de son orgasme au sexe, et jusqu'à présent, c'était de loin mieux que tout ce qu'elle aurait pu imaginer.

Ouvrant les yeux, elle le regarda alors qu'il enlevait son jean avant de grimper sur le lit. Cette fois, il la poussa jusqu'à ce que sa tête soit contre les oreillers, et il lui sourit.

"Bonjour, joli pote."

Elle tendit la main comme pour le toucher, mais s'arrêta. Pouvait-elle le toucher ? Était-elle autorisée à le faire ?

« Touche-moi, Taïna. Je te veux. Je veux chaque partie de toi.

Plaçant ses mains sur ses épaules, elle caressa sa poitrine, passant la main entre elles pour faire le tour de sa queue.

Il était dur comme de la pierre et pourtant doux. Aucun des livres qu'elle avait lus ne pouvait se comparer à ce moment.

"Cela va faire mal", a-t-il déclaré.

"Je sais."

"Je ne veux pas te faire de mal." Il écarta une boucle de son visage et elle lui sourit.

"Tu ne vas pas me faire de mal."

Il la regarda d'un air dubitatif, mais il ne comprit pas ce qu'elle voulait dire. Elle savait que ça allait être douloureux, mais après, il allait pouvoir prendre soin d'elle, lui montrer ce qu'était vraiment faire l'amour.

Il lui prit les mains et les poussa au-dessus de sa tête, gardant les deux siennes contenues dans l'une des siennes, la bloquant en place.

Elle le regarda, attendant.

Marvens se pencha entre eux, saisissant sa queue.

Elle se mordit la lèvre, les nerfs plus forts que jamais.

Alors qu'il glissait sa queue sur son clitoris, elle haleta, se cambrant sous son contact.

Il lui a cogné le clitoris à plusieurs reprises, créant une chaleur qui lui a donné encore plus envie de lui.

Lentement, il glissa jusqu'à ce qu'il soit prêt à son entrée.

Elle le regarda dans les yeux, puis dans une forte poussée, il enfonça chaque centimètre carré de sa bite en elle, déchirant le mince mur de sa virginité jusqu'à ce qu'il soit à bout en elle.

En criant son nom, elle a essayé de le repousser, mais elle n'avait aucun moyen de le déplacer.

La douleur était intense et elle lui coupait le souffle à cause de sa puissance. Elle ne pouvait pas croire que quelque chose ait jamais fait autant mal. La pression entre ses cuisses semblait augmenter à mesure qu'il la prenait.

Elle n'était plus vierge.

Chapitre 4

Après avoir pris la virginité de Taïna, Marvens a fait couler un bain. Il se sentait comme un putain de monstre. La virginité d'une femme était censée être un cadeau et les hommes la convoitaient depuis si longtemps, mais pour lui, il ne se débarrasserait jamais du cri qu'elle poussait lorsqu'il la prenait.

Le son et le regard dans ses yeux le hanteraient à jamais.

De retour au lit, il la trouva recroquevillée, le regardant en souriant. Il y avait du sang et du sperme sur les draps. Il avait l'intention de les nettoyer et de les brûler. L'odeur métallique remplissait l'air, et cela ne faisait que le mettre en colère parce qu'il était la cause de sa douleur.

"Hé," dit-elle.

Il s'assit au bord du lit. "Comment te sens-tu?"

"Bizarre. Je suis... mais nous ne sommes pas mariés.

"Pas encore, mais nous le serons."

« Pourquoi ne m'as-tu pas mordu ? Je sais que la morsure au cou me revendiquerait comme tienne.

Il lui prit la main, joignant leurs doigts.

« La morsure d'accouplement est douloureuse, Taïna. J'en ai déjà pris tellement aujourd'hui.

"Tu ne voulais plus me faire de mal."

« Je n'ai jamais subi cette morsure. Je n'ai entendu que des histoires d'autres femmes qui l'ont fait, et je ne pourrais pas vous faire ça. Pas aujourd'hui du moins.

« Tu es bouleversé », dit-elle.

Il allait devoir la mettre en garde contre le fait de révéler trop de ses secrets d'un seul coup. Jusqu'à présent, elle lui avait dit au moins deux fois qu'elle pouvait sentir les émotions. Un cadeau rare en effet. Il commençait à voir que sa louve avait bien plus à offrir qu'il ne le pensait au départ. Elle n'avait peut-être pas le don de force ni la capacité de se retourner à la pleine lune, mais ce qu'elle possédait était en effet rare, et c'était un talent qu'il voulait garder caché.

Certains loups étaient recherchés pour cette raison précise, car ils pouvaient être utilisés pour détecter des mensonges et certaines odeurs, ce qui signifiait que leur pouvoir pouvait être abusé. Son père lui avait dit un jour, il y a de nombreuses lunes, de toujours protéger les plus vulnérables et ceux qui semblaient les plus faibles.

"Tu me connais déjà si bien."

"Ce n'est pas comme si tu me donnais beaucoup de travail." Elle lui toucha le bras. "Je ne souffre plus maintenant."

« Je sais, mais la morsure ; nous devons tous les deux être prêts pour la meute lorsque je te réclamerai.

« Pensez-vous vraiment qu'il y aura beaucoup d'opposition ? Je suis aimé.

« Aimer et prendre une position de pouvoir sont deux choses différentes. » Il lui embrassa les jointures et se leva. «Pour l'instant, je veux te laver. Cela m'aidera à me sentir mieux.

Il la prit dans ses bras et la porta jusqu'à la salle de bain. La descendant dans la baignoire avec toutes les bulles pour l'aider à se détendre, il la laissa retirer les draps. Il les rassembla et les échangea contre un nouvel ensemble.

Le sang ne le rendait pas heureux.

Il souhaitait effacer la douleur qu'elle avait ressentie le plus tôt possible. Le lit étant bien meilleur, il retourna dans la salle de bain pour la trouver en train de se reposer.

Elle ouvrit les yeux au moment où il entra et elle sourit.

Il aimait tellement son sourire.

Grimpant derrière elle, il l'entoura de ses bras et pressa son visage contre son cou, la respirant.

« Tu m'as tellement manqué », dit-il.

« J'étais là tout le temps. »

"Je ne parle pas de tout à l'heure", dit-il en riant. "Tu n'as aucune idée combien de fois j'ai voulu être avec toi et je n'ai pas pu à cause de la meute."

"Tu es le seul à nous retenir, Marvens." Elle se blottit contre lui. Elle passa son bras autour de son cou et se pencha en arrière pour qu'il puisse la regarder dans les yeux. "Je ne vais nulpart."

"Tu me crois maintenant ?" Il a demandé.

"Je peux sentir une partie de toi."

Son sperme était en elle. Il voulait plus que tout que ça dure, qu'ils aient un bébé.

Il avait déjà perdu beaucoup de temps à nier la vérité. Il voulait fonder une famille avec elle. Se baissant, il posa une main sur son ventre et se demanda s'il aurait la chance de l'avoir déjà mise enceinte.

« Quand allons-nous le dire à la ville ? elle a demandé.

Il lui caressa le ventre et se demanda s'il y avait un moyen de la garder enfermée ici jusqu'à ce qu'il la mette enceinte.

Une compagne enceinte ne pouvait pas être attaquée. Les lois de la meute l'interdisaient. Les oursons devaient être protégés à tout prix.

"Bientôt." Il lui embrassa le cou. "Pour l'instant, je veux juste prendre soin de toi."

« Je sais que tu te sens coupable, mais ce n'est pas si grave. Je promets. Cela ne fait même plus très mal.

Cela ne lui a pas apporté de réconfort.

« Je te le promets, Taïna. Ça ne fera plus mal comme ça. Je vais vous montrer que le sexe ne sera plus jamais douloureux.

Elle bougea dans ses bras et il attendit tandis qu'elle se retournait, à cheval sur sa taille.

Regardant ses yeux bleus, il repoussa une partie de ses cheveux noirs de son épaule. Ils feraient les plus beaux bébés. Il ne se souciait pas de savoir s'ils avaient un fils, une fille ou les deux. Maintenant, des jumeaux, il pourrait tout à fait avoir deux bébés.

«J'ai besoin que tu arrêtes de t'inquiéter. Je savais que ça allait être douloureux, et je ne vous en veux pas, pas du tout. Elle lui embrassa les lèvres.

« Ne vous méprenez pas, j'aime encore plus cette femme... docile, mais qu'est-ce qui a changé par rapport à la nuit dernière ? Il a demandé.

Elle avait été si catégorique qu'il avait tort.

«Je peux sentir qui tu es», dit-elle. Elle posa une main sur sa poitrine. « Il n'y a pas moyen de lutter contre l'appel à l'accouplement. Nous sommes destinés à être ensemble, et même si cela me fait peur, je ne vais pas te fuir. Elle l'embrassa à nouveau et il enfonça ses doigts dans ses cheveux, ravissant ses lèvres. Elle était tout pour lui et bien plus encore.

Taïna a essayé la porte d'entrée de la cabane de Marvens pour la centième fois. C'était verrouillé. Elle était peut-être une louve, mais elle n'avait pas la force de briser son verrou forcé.

Il y a deux jours, elle avait enfin découvert qu'ils étaient amis.

Hier, il lui a pris sa virginité.

Aujourd'hui, il l'avait enfermée dans sa cabine alors qu'il allait s'occuper de la meute en ville.

Elle ne savait pas pourquoi il avait jugé nécessaire de l'enfermer. Ce n'était pas comme si elle posait problème, mais elle était là, enfermée, et elle ne pouvait pas sortir.

"Sérieusement. Pourquoi, Marvens ? Elle lâcha la poignée et se dirigea vers la porte arrière qui se trouvait au bord de la cuisine. Effectivement, c'était verrouillé.

Elle serait capable de briser une vitre, mais elle ne voulait pas réellement endommager sa cabine.

S'éloignant de la tentation, elle s'assit à la table de la cuisine, joignant les mains.

Elle portait un de ses shorts et une longue chemise. Ils étaient au moins deux tailles trop grands pour elle et ils sentaient lui.

Avec la pleine lune presque sur eux, elle pouvait sentir son loup encore plus clairement que jamais.

Elle était toujours consciente de son loup, mais jamais de cette façon. Avec la proximité de son loup avec la surface, c'était ainsi qu'elle croyait Marvens qu'ils étaient amis.

Les copains.

Taïna sourit. Elle avait toujours pensé que son compagnon serait différent. Pas un alpha. Jamais le leader.

Sa crainte qu'elle soit attaquée était définitivement fondée. Les femmes étaient connues pour devenir plutôt méchantes et cruelles lorsqu'elles sentaient que quelqu'un avait pris leur place. Rien de tout cela n'a jamais eu de sens pour Taïna.

Si les hommes et les femmes étaient censés être des partenaires, leurs loups étant eux-mêmes conçus pour tomber amoureux et être ensemble, elle ne savait pas comment quelqu'un pourrait même songer à éloigner une femme ou un homme d'une telle union, mais elle avait entendu dire que des histoires sur ce qui s'est produit.

Se levant de la chaise, elle se dirigea vers la chambre, ouvrant son placard. L'odeur de Marvens était partout, et à cet instant précis, son loup voulait le sentir près de lui.

Passant ses doigts sur les chemises, elle sourit, se rappelant le nombre de fois où elle l'avait vu se promener en ville.

Alors même qu'elle essayait de détourner le regard, il avait attiré son regard. Était-ce l'appel à l'accouplement ? Elle ne le savait pas.

Marvens était un homme si puissant. Elle avait déjà été témoin de son pouvoir lorsqu'il avait dû affronter la meute.

Il n'a jamais permis à quiconque de causer des problèmes au sein de la meute.

Descendant jusqu'à son pantalon, elle sourit en attrapant quelques paires trouées là où il se promenait dans les bois. Elle caressa les morceaux de tissu déchirés et lui fit une note pour qu'il récupère son kit de couture à la maison. Elle pouvait plus que réparer les dégâts qu'il avait causés.

Elle sursauta lorsque la porte de la cabine s'ouvrit et se referma.

Se précipitant hors de la pièce, elle trouva Marvens dans la cuisine, en train de décharger des sacs de nourriture.

"Tu m'as enfermée", dit-elle en croisant les bras sur sa poitrine.

Il se tourna vers elle avec un sourire. "J'avais une bonne raison de le faire."

"Ouais, qu'est-ce que tu considères exactement comme une bonne raison?"

"Nourriture." Il lui fit un clin d'œil et lui tendit la main pour qu'elle regarde. "Ou êtes-vous en désaccord?" Son estomac choisit ce moment précis pour grogner. "Vous voyez, je prends juste soin de ma femme." Il l'attira plus près et elle sentit l'odeur des autres femmes et de la meute sur lui.

Elle essaya de s'éloigner.

« Je n'étais près de personne, je te le promets. Je suis allé à la mairie. Quelques personnes m'ont demandé où tu étais à cause des sandwichs, et je leur ai dit que tu ne te sentais pas bien et que tu ne serais donc pas disponible pendant quelques jours. Je prenais soin de toi.

« Vous avez dit ça aux gens ? » elle a demandé.

"Oui. Personne ne rêverait jamais de venir ici. Il passa ses mains dans son dos, lui prenant les fesses en coupe. "Est-ce que je t'ai manqué?"

"Non." Le mensonge tomba facilement de ses lèvres, mais alors qu'il levait un sourcil vers elle, elle roula des yeux. "Oui. Tu n'étais pas obligé de m'enfermer.

«Je ne veux pas que tu te promènes. Pas avec mon odeur partout sur toi et à l'intérieur de toi. Je ne t'ai pas encore pris, et si nous avons des ennemis à proximité, ils essaieront de me t'enlever.

« Nous n'avons pas eu d'ennemis en ville depuis des années, Marvens. Tu t'inquiètes trop."

« J'ai pris soin de nos ennemis avant même qu'ils n'arrivent en ville, Taïna. Je prends la sécurité de la meute au sérieux.

Son cœur commença à s'emballer. « Nos ennemis se sont rapprochés ?

"Oui. Plusieurs fois. Mais vous n'avez pas à vous inquiéter. Je fais tout ce que je peux pour les repousser.

« Vous les tuez ?

"Oui."

"Oh."

"Tu n'es pas en colère contre moi?"

"Non, bien sûr que non", dit-elle. "S'ils constituent une menace pour la meute, nous devons les tuer." Elle grimaça.

Il en riant. «C'est une autre raison pour laquelle je veux te tenir à l'écart de la meute. Tu es trop bien pour tout le monde. Il l'embrassa sur la joue. "Laisse-moi te préparer quelque chose à manger."

Elle n'était pas trop bien pour eux. En regardant Marvens alors qu'il déballait la nourriture et commençait à hacher quelques légumes, ses nerfs étaient de nouveau revenus.

« Qui emmenez-vous avec vous lorsque vous rencontrez l'ennemi ? » elle a demandé.

"Personne. Je patrouille seul. Je ne peux avoir personne là-bas. C'est trop dangereux."

« Alors vous mettez votre vie en danger pour protéger les autres ? »

Il a regardé en haut. « Ne t'inquiète pas, mon amour. Honnêtement, vous n'avez pas à vous inquiéter. Je suis un alpha fort et capable. Je peux protéger la meute et toi.

« Mais et toi ? Je ne veux pas que tu fasses ça seul.

«Je fais ça depuis un certain temps maintenant. Je suis encore en vie."

« Cela ne rend pas les choses correctes, et si à un moment donné des erreurs se produisent, que se passe-t-il ? »

"Tu penses que je ferais une erreur?" Il a demandé.

"Non. Ce que je pense, c'est que nous nous sommes enfin retrouvés, et si quelque chose devait t'arriver, je ne sais pas si je pourrais le gérer.

Il posa le couteau et se dirigea vers elle. « Il ne m'arrivera rien. Je ferai toujours attention et je reviendrai toujours vers vous.

Il lui prit le visage en coupe et l'embrassa.

Cela n'a pas apaisé ses craintes.

Chapitre 5

"Tu es une bonne cuisinière", dit Taïna en s'essuyant les lèvres avec une serviette. "C'était tellement bon."

"J'ai eu des années de pratique." Il prit son assiette puis la sienne et les emmena dans la cuisine. Il lui avait préparé un sauté de légumes avec beaucoup de piment. Contrairement à certains autres loups de la meute, elle ne mangeait pas beaucoup de viande. Il connaissait son amour pour les épices, et depuis qu'il l'avait découvert, il avait fait autant d'expérimentations que possible.

Avec les assiettes dans l'évier, il alla au réfrigérateur et en sortit le gâteau au fondant au chocolat qu'il avait également acheté.

Il les coupa tous les deux en tranches et les plaça chacun dans une assiette plus petite avant de sortir la glace du réfrigérateur. Avec une belle et grande portion de dessert glacé, il porta leurs assiettes à table.

"Wow," dit-elle. "Je ne savais pas que c'était ainsi que devait se dérouler un rendez-vous."

C'était plus qu'un simple rendez-vous. Marvens avait désormais l'intention de la traiter comme une reine. Il n'y avait plus moyen de se cacher.

Il savait qu'elle avait un peu mal, mais elle serait capable de le reprendre. Une fois le dîner terminé, elle ne quittait pas son lit jusqu'à ce qu'il ait terminé l'accouplement.

Aller en ville était risqué. Il avait vérifié le périmètre avant de s'aventurer en ville, se couvrant de l'odeur de la forêt avant même de risquer sa chance en ville. Il y avait là quelques femmes, et il avait été presque impossible de cacher la répulsion qu'elles inspiraient.

De retour dans sa cabine, seul avec sa femme, il pouvait tout gérer.

Il la regarda prendre un peu de glace et une bouchée du gâteau. Ses yeux se fermèrent et elle gémit.

Bientôt, sa queue allait être dans sa bouche et elle gémirait sur toute sa longueur.

"C'est tellement bon."

"Je suis content que tu approuves." Il lui fit un clin d'œil et ses joues s'échauffèrent. "Oui, j'ai des pensées sales."

«Je n'y suis même pas allée», dit-elle. Elle a pris une autre bouchée. "A quoi penses-tu exactement ?"

Il en riant. "Tes lèvres enroulées autour de ma bite."

"Oh," dit-elle.

"Ne t'inquiète pas. Je vais vous montrer quoi faire.

"Je parie que tu dis ça à toutes les filles."

"Aucun. Je ne vais pas te mentir, Taïna. J'ai été avec d'autres femmes, mais aucune d'entre elles ne sera jamais comparable à toi. Je ne veux même pas y penser. J'aurais aimé pouvoir venir vers toi vierge, mais ce n'était pas possible. Pas pour nous." Il lui prit la main dans la sienne, la serra doucement, essayant de la rassurer.

"C'est bon." Elle a ri. "Tu es tout à moi maintenant."

"Et personne ne saura jamais à quel point je suis bon."

Il finit son dessert et la regarda.

Dès qu'elle eut fini, il ne pouvait plus attendre. Il souleva la table, l'écartant de son chemin, et il se mit à genoux devant elle, pressant son visage contre sa chatte. Il ne pouvait pas encore sentir s'il la mettait enceinte, mais maintenant, il avait toute la nuit.

Soulevant la chemise qu'il lui avait donnée par-dessus sa tête, il ôta le pantalon qu'il lui avait également fourni et elle s'assit nue sur la chaise.

"Maintenant, c'est à cela que j'ai pensé toute la journée." Écartant ses cuisses, il pressa sa main contre sa chatte et glissa deux doigts dans sa chaleur glissante. Elle était déjà mouillée pour lui, et elle ne grimaça pas et ne s'éloigna pas de son contact.

Il la baisa avec les doigts, la regardant alors qu'elle criait et poussait son corps vers le bord du siège.

Glissant ses doigts jusqu'à son clitoris, il ne pouvait pas détourner le regard alors qu'elle se rapprochait si près de son orgasme.

Il devait goûter à elle, et il remplaça ses doigts par sa langue, effleurant son clitoris.

Elle enfonça ses doigts dans ses cheveux, poussant sa chatte contre sa bouche pendant qu'il suçait son clitoris. Elle était la meilleure chose qu'il ait jamais mangée, et il lui baisa à nouveau la chatte avec ses doigts, l'écartant largement pour qu'elle puisse prendre sa bite. Il voulait prendre son temps ce soir. Quand il mettrait enfin sa bite en elle, il allait faire en sorte que chaque instant compte.

"Marvens!" Elle a crié son nom.

« Viens me chercher, Taïna. Viens partout sur mon visage.

Elle gémit et il mordit son clitoris avant de le calmer du plat de sa langue.

"Oui, oui, ça fait du bien."

Il sourit, aimant la façon dont elle se donnait à lui si facilement. Il n'y a eu aucun combat entre eux. C'était exactement comme ça que ça devait se passer.

Il avait été stupide de lui cacher la vérité pendant si longtemps. Elle avait le droit de savoir depuis longtemps, et il n'aurait pas eu à passer de nombreuses nuits solitaires avec seulement ses pensées sur elle, sur ce moment.

Quand elle est arrivée, il a bu sa crème, savourant le goût et la sensation de son abandon. Elle était tout ce qu'il pouvait désirer, et on ne pouvait nier son besoin pour elle.

Sa queue était si dure qu'elle se pressait contre le devant de son pantalon.

Déchirant son jean, il le poussa le long de ses jambes alors qu'il se levait, enlevant rapidement ses vêtements.

Un jour prochain, il allait la baiser dans chaque pièce et surface de sa cabane, ainsi que dans la forêt environnante. Aujourd'hui, et jusqu'à ce qu'elle soit habituée à prendre sa bite, il l'aurait toujours sur le lit.

La soulevant dans ses bras, il la porta jusqu'à sa chambre, la laissant tomber sur le lit.

Elle avait tellement fière allure dans sa chambre, dans sa cabine, dans sa vie. Leur avenir était ensemble et il n'allait jamais l'abandonner. Jamais.

****

Une partie de Taïna était nerveuse.

Ils avaient fait l'amour hier, et cela lui avait fait plus mal que tout ce à quoi elle aurait pu le comparer. Aujourd'hui, elle était mouillée, si lisse et prête. Regardant sa queue maintenant, elle ne pouvait pas s'empêcher d'enrouler ses doigts sur toute la longueur et de le sentir.

Du pré-sperme s'est échappé de la pointe et elle l'a introduit dans sa tige.

Il laissa échapper un petit grognement, le son résonnant dans la pièce et faisant durcir ses tétons.

« Je ne sais pas combien de temps je vais tenir. Ce soir, c'est toi.

"Alors baise-moi, Marvens. Montre-moi à quel point ça peut vraiment être bon.

Il la poussa vers le lit et lui écarta les jambes. « Regarde-moi, Taïna. Je veux que tu regardes ma bite. Regarde pendant que je te baise.

Le bout de sa queue passa entre sa fente et elle se mordit la lèvre en les regardant. Sa queue était longue et épaisse. Elle ne savait pas s'il parviendrait un jour à s'intégrer vraiment en elle sans que cela soit douloureux, mais elle repoussa ces doutes et ces peurs de côté et se concentra sur lui. Ils s'emboîteraient parce que c'était pour cela qu'ils avaient été conçus.

Elle n'était plus vierge.

Il glissa sa queue jusqu'à son entrée et elle ne put s'empêcher de se tendre.

« Détends-toi, bébé. Ne sois pas trop serré avec moi maintenant.

Cette fois, Marvens ne l'a pas baisée fort ni vite. Il se glissa lentement, petit à petit, en elle. Lorsque le premier centimètre de lui la remplit, elle ne put s'empêcher de tressaillir même s'il n'y avait aucune douleur. Rien.

Il ne lui avait pas fait de mal.

À chaque seconde qui passait, elle arrêtait de se tendre et aimait plutôt la sensation de sa bite en elle.

Ses mains allèrent jusqu'à ses hanches, et tandis qu'il atteignait la garde, elle cria son nom.

C'était si bon, encore mieux qu'elle ne l'avait jamais imaginé.

"Oh, putain, tu es incroyable", dit-il. "Si humide."

Elle prit son visage en coupe et il posa ses lèvres sur les siennes. Il commença à se retirer d'elle, et alors qu'il avançait, elle gémit pour en avoir plus.

Il a fait cela pendant quelques poussées, l'habituant à sa sensation pendant qu'il la remplissait. Dedans et dehors. La sensation était plus que ce qu'elle aurait pu souhaiter. Sa bite était si dure qu'il toucha une partie profonde d'elle, ce qui ne fit que l'exciter encore plus.

"Oui !"

Marvens rompit le baiser, faisant glisser ses lèvres le long de son cou, suçant son pouls avant que ses poussées ne commencent à s'accélérer.

Il se leva et lui ordonna de regarder.

Elle regarda dans ses yeux verts avant de descendre son corps puissant pour voir où ils étaient joints.

Sa bite était recouverte de sperme pendant qu'elle la regardait. Les veines ressortaient épaisses, et le voyant la baiser tout en le sentant, elle remonta, prenant autant de lui qu'il le pouvait.

Il se retira soudainement, enroulant ses doigts sur toute la longueur. « Tout cela est à toi, Taïna. Chaque partie de moi, de mon cœur à ma bite, t'appartient désormais. Il repoussa en elle, gardant ses cuisses ouvertes alors qu'il pompait profondément.

Marvens a arrêté de lui faire l'amour et l'a tenue contre le lit pendant qu'il la baisait plus fort.

Il souleva ses jambes jusqu'à ce qu'elles soient directement en l'air contre sa poitrine. Ses mains se posèrent sur ses hanches et elle le regarda la tirer sur toute sa longueur, jusqu'à ce qu'il s'arrête soudainement.

Elle laissa échapper un grognement, ne sachant pas à quel point elle pourrait supporter qu'il s'arrête et reparte.

Il rit et elle était sur le point de lui crier dessus. Ses doigts caressèrent son clitoris.

"Cette fois, quand tu viendras, je veux que ce soit partout sur ma bite. Je veux t'entendre crier et le son résonner autour de ces murs, donc je sais que c'est ma bite que tu veux. Mon sperme en toi.

"C'est seulement toi que je veux."

Elle ne mentait pas. Les sentiments qui grandissaient en elle devenaient de plus en plus difficiles à ignorer. Était-ce encore l'appel d'accouplement ? Elle ne savait pas ce qui en était responsable, la chaleur nuptiale ou ses propres sentiments. Elle n'avait jamais pris le temps de s'asseoir avec une femme en couple et de lui demander s'il était possible d'aimer son compagnon.

Elle avait toujours pensé que c'était le cas, mais maintenant, elle ne le savait plus.

Aimait-elle Marvens ? Était-ce les hormones ?

Rien n'avait de sens pour elle.

Il lui caressa le clitoris et elle ne voulait pas penser ni s'inquiéter de ce que tout cela signifiait. Rien de tout cela n'était important, pas pour le moment. Peut-être même jamais.

La seule chose qui comptait, c'était que Marvens soit son compagnon et qu'elle lui soit fidèle.

Quand elle jouit, elle faisait à peu près sa longueur, et l'odeur de son alpha imprégnait la pièce, plus forte que jamais.

Leur accouplement se rapprochait. Bientôt, leurs odeurs se combineraient et se lieraient, et tout loup proche d'eux saurait qu'ils étaient partenaires.

Marvens il lui attrapa les chevilles et la baisa, la prenant, la faisant sienne encore et encore. Elle a regardé sa bite glisser en elle et hors d'elle, et elle a senti sa bite devenir plus dure, plus épaisse, puis renverser son sperme.

Il attrapa ses hanches et s'enfonça profondément, aussi loin qu'il le pouvait, en elle, la remplissant de son sperme, chaque pulsation inondant son ventre.

« S'il vous plaît, s'il vous plaît, s'il vous plaît », dit-il.

Elle l'entoura de ses bras, sachant ce qu'il voulait.

Cela... a un peu gâché le moment. S'il voulait des enfants parce qu'il avait hâte de fonder une famille, elle aurait été touchée. Il ne s'agissait pas pour autant de fonder une famille.

Non, il s'agissait de la protéger parce qu'il croyait vraiment qu'elle ne pouvait pas se protéger. Il voulait un bébé pour que personne ne puisse lui faire du mal.

Il l'entoura de ses bras et la serra contre lui.

Elle n'était pas détestée dans la meute. Elle savait qu'il y aurait des femmes qui voudraient sa mort, mais elle était toujours la compagne de Marvens, et certaines se battraient pour elle. Elle en était sûre.

Chapitre 6

Marvens il passa ses doigts sur son dos. Sa bite était déjà dure et prête à repartir. Il avait tellement envie de la baiser. Elle poussa un petit gémissement alors qu'il atteignait la base de son dos et traînait les pointes sur les courbes de ses fesses.

Il ne put s'empêcher de prendre une bouchée, et tandis qu'il enfonçait ses dents dans la chair sucrée, elle laissa échapper un rire, suivi d'un halètement.

"Tu ne devrais pas faire ça", dit-elle en s'éloignant en riant.

"Pourquoi pas? Tu as un cul juteux et il est conçu pour mordre et baiser.

"Putain de?"

"Ouais. Je sais que ces histoires sexy que vous lisez parlent de se faire enculer. Il ne put s'empêcher de toucher ses fesses, caressant ce petit trou plissé.

"Je ne pense pas être prêt pour ça."

"Et si je te laissais goûter un peu ?"

"Que veux-tu dire ?"

"Me fais-tu confiance ?"

Elle hésita et il ne put s'empêcher de lui mordre à nouveau le cul.

"Hé, arrête de mordre."

« Tu sais que tu me fais confiance. Vous m'êtes loyal, et la seule façon pour quelqu'un de prêter un tel serment est de le penser sincèrement et par peur. Tu n'as pas peur de moi, Taïna.

« Et je le pense vraiment. Vous avez raison, pas moi. Je ne l'ai jamais été. Comment est-ce possible? Vous faites peur à tout le monde.

"Parce que tu es un combattant."

"Je suis faible."

Il s'est déplacé pour chevaucher ses jambes, attrapant un oreiller et le poussant sous son ventre pour relever ses joues courbées.

"Tu n'es pas faible."

"C'est pour ça que tu ne m'as pas réclamé quand tu le savais."

« Ce n'est pas forcément parce que tu es faible. En plus, mon loup, je connais ton secret.

"Mon secret?"

"Oui. Tu penses que tu es faible, mais je sais que tu as un don très spécial. Celui que je n'exploiterai jamais mais dont je sais qu'il est puissant.

"Tu sais?"

"Oui. Vous l'avez laissé échapper plusieurs fois. Pourquoi n'es-tu jamais venu me parler de ça ? Il a demandé. Il lui prit les fesses en coupe et les écarta largement, fixant son anus plissé. Il allait le baiser, mais pas ce soir.

Glissant ses doigts sur sa chatte lisse, il commença à recueillir une partie de leur libération combinée et à l'étaler sur son trou de cul.

Elle a crié alors qu'il appuyait son doigt sur son anus mais ne la pénétrait pas. Je l'habitue juste à la sensation qu'il est vraiment proche.

«Je ne sais pas pourquoi je ne te l'ai pas dit. Cela ne semblait pas important et quand j'ai réalisé à quel point ce cadeau était rare, j'ai eu peur.

"De quoi?"

« D'être chassé. Je ne peux même pas me transformer en loup à part entière. Je suis en partie brisé. J'avais peur que tu veuilles me retirer de la meute.

« Je ne suis pas un monstre, Taïna. Je ne chasserai jamais quelqu'un de ma meute à moins qu'il n'ait fait quelque chose de si méprisable qu'il n'y a pas d'autre punition que le bannissement. Vous n'avez pas un seul os méprisable dans votre corps. Tu es belle." Il l'embrassa sur la joue en se pressant contre ses fesses. En même temps qu'il lui caressait le cul, il jouait aussi avec sa chatte, taquinant son clitoris.

Elle pressa ses deux doigts, voulant ce qu'il pouvait lui donner, et c'était un véritable spectacle de beauté à voir. Il avait tellement envie de la baiser, mais il allait la faire jouir en lui baisant le cul avec les doigts.

Alors qu'il lui pinçait le clitoris, elle a crié en gémissant son nom, et il a poussé un seul doigt en elle, la faisant crier mais sans douleur.

Sa chatte devenait de plus en plus mouillée alors qu'il continuait à jouer avec elle.

Elle commença à se balancer d'avant en arrière, enfonçant son doigt plus profondément. Il connaissait déjà son corps, mieux qu'elle ne connaissait le sien, et elle était si proche. Il aimait la facilité avec laquelle il était possible de l'amener à l'orgasme, de la préparer à aller au-delà des limites du plaisir intense.

La regarder jouir était l'un des plaisirs les plus incroyables qu'il ait jamais connu.

"Tu es si belle", dit-il. "Je veux te baiser toute la journée, et je le ferai."

En ajoutant un deuxième doigt à son cul, il ne joua plus. Il l'a amenée à l'orgasme. Le son de son plaisir résonnait sur les murs. Ce n'est que lorsque sa libération a commencé à s'atténuer qu'il l'a mise à genoux, a aligné sa bite sur sa chatte et a glissé jusqu'à la maison.

Elle était encore en ébullition après son orgasme, et alors qu'il la prenait plus fort, son apogée continuait. Sa chatte était comme un étau autour de lui, le serrant plus fort.

S'accrochant à ses hanches, il la frappa en elle, regardant sa chatte s'ouvrir et prendre sa bite. Sa longueur était déjà recouverte de pré-sperme depuis sa libération, et il était si proche.

Il sentit les frémissements de son propre orgasme, et il ne s'arrêta pas, la baisant plus fort, lui faisant prendre toute la longueur de sa bite, et quand il finit par se répandre en elle, il voulait tellement que ça prenne.

Seulement, une autre vague de besoin l'envahit.

Il écarta ses cheveux, la rapprocha et enfonça ses dents dans son cou.

L'accouplement était si fort qu'il ne pouvait plus le combattre. Il n'y avait pas de temps à attendre pour la faire sienne. La ville entière, au moment de la pleine lune, saurait exactement à qui elle appartenait, et il s'en fichait. Elle était l'amour de sa vie. Son compagnon. Destiné à lui appartenir et il n'allait pas le cacher.

Elle était tout pour lui.

Tout comme il était à elle.

Et maintenant, il n'y avait plus moyen de s'éloigner l'un de l'autre. Ils allaient rester ensemble, et il la protégerait de sa vie, et s'assurerait que la meute savait que l'attaquer entraînerait de graves conséquences.

****

Taïna Je détestais voir Marvens si nerveux. Ce n'était pas très beau pour lui, et tandis qu'il faisait les cent pas dans leur cabine, elle se mordilla la lèvre.

Elle ne savait pas comment c'était possible, mais en peu de temps, elle avait commencé à aimer cet homme. Bien sûr, il l'avait pratiquement gardée enfermée dans sa cabine jusqu'à ce soir. Elle savait qu'il allait l'emmener avec lui. Il n'y avait aucun moyen qu'il ne puisse pas le faire. Après l'avoir marquée, leurs odeurs ont fusionné, et maintenant tout le monde saurait qu'elle lui appartenait. Avant de la mordre et de sceller leur sort, il aurait pu la masquer sur son corps.

Désormais, il n'y avait plus de masquage.

En marchant dans le couloir, elle s'approcha de lui, enroulant ses bras autour de son cou.

"Tu dois arrêter de t'inquiéter."

Il la pressa contre le mur, son corps se rapprochant du sien, et elle laissa échapper un petit gémissement, sentant la longueur de sa queue.

"Je ne m'inquiète pas."

"Tu es. As-tu déjà pensé que peut-être certains membres de notre meute pourraient m'apprécier ?

"Je sais qu'ils le font, mais en te mettant comme compagnon alpha, je ne sais pas ce qu'ils feront."

Elle lui prit le visage en coupe. "Ai un peu de foi."

"Non. Quand il s'agit de toi, je ne peux rien avoir. Je ne peux pas risquer ta vie. Tu es tout pour moi, et même si j'essayais de rester loin de toi, je ferais n'importe quoi juste pour t'apercevoir. Je t'aime, Taïna.

Les larmes lui remplirent les yeux et elle ne put s'en empêcher.

"Tu m'aimes?"

"Oui. Cela fait longtemps que je le fais et ça me fait peur. Je n'ai jamais eu autre chose que mon amour pour la meute.

Elle s'en fichait.

Le tirant vers le bas, elle l'embrassa en retour, glissant sa langue sur ses lèvres jusqu'à ce qu'il l'ouvre et l'approfondisse.

«Je t'aime aussi», dit-elle. « Je ne pensais pas qu'il était possible d'aimer quelqu'un aussi vite, mais avec toi. C'est... tout. Je t'aime plus que tout au monde. Je veux être à tes côtés. Pour affronter la meute ensemble. Elle lui prit la main. "Plus d'attente."

Comme toutes les pleines lunes, la meute attendrait au centre de la ville. Bien sûr, personne ne se transformerait en loup ou ne ferait quoi que ce soit qui puisse éveiller les soupçons. C'est pourquoi certains membres de la communauté, qui ne se tournaient plus en raison de leur âge, avaient installé des bars proposant de la nourriture et du café pour donner l'impression qu'ils tenaient simplement une réunion amicale de quartier, ou quelque chose du genre.

La plupart des touristes restent rarement plus d'un jour ou deux.

Main dans la main, ils quittèrent sa cabine.

Elle sentit ses nerfs mais ne fit aucun commentaire. Elle était un peu... inquiète.

Comme Marvens l'avait dit, ils l'aimaient pendant qu'elle les nourrissait et s'occupait de leurs enfants, mais c'était quelque chose de plus.

C'était elle qui assumait son rôle de compagne de l'alpha, et bien, elle découvrirait bientôt exactement qui était son amie et qui ne l'était pas.

Alors qu'ils approchaient de la ville, Marvens s'arrêta et la pressa contre l'arbre. « Ce que vous êtes sur le point de voir et d'être témoin s'ils ne vous acceptent pas, vous ne pouvez pas m'en vouloir. Je ferai tout pour te protéger.

Elle lui toucha les mains. "Je sais."

"Je t'aime, Taïna."

"Je t'aime aussi."

Elle ne se lasserait jamais d'entendre son amour. D'autant plus qu'elle le ressentait aussi, et c'était vraiment une chose magique.

Il déplaça sa tête contre la sienne et elle ferma les yeux, se sentant simplement entourée de lui.

Comme ils ne pouvaient plus attendre une seconde de plus, il lui prit la main et ensemble, ils marchèrent unis devant leur meute.

Ils étaient déjà rassemblés. Des odeurs de café et de nourriture grasse remplissaient l'air.

Au moment où ils furent repérés, toute conversation cessa.

Taïna se força à tous les regarder, même si son embarras augmentait un peu. Elle n'avait jamais été accouplée auparavant et elle n'a pas caché sa marque. Non, elle l'a montré fièrement à la vue de tous.

Personne ne pourrait le voir sans du sang de loup qui coule dans ses veines.

Pour la plupart, la blessure était guérie, et ce instantanément. Cela faisait partie du charme de l'accouplement.

Elle était désormais liée à Marvens tout comme il l'était à elle.

Le silence résonna parmi eux tous.

Ses nerfs se sont repris.

"Qu'est-ce que cela veut dire ?" L'une des femelles les plus fortes et les plus dominantes s'avança. Chloe. Elle faisait partie des nombreuses femmes qui se disputaient l'affection de Marvens.

Taïna Il l'avait observé, et cela avait été difficile à supporter alors que chaque femme essayait de le gagner.

Elle se demandait maintenant si sa répulsion était due au simple fait qu'il lui appartenait, et qu'elle ne supportait pas qu'un autre le touche ou ait quoi que ce soit à voir avec lui.

« Je me tiens devant toi avec mon compagnon. L'amour de ma vie. Elle est tout pour moi. Taïna est à moi. Si vous avez le moindre doute sur mes droits sur elle, sachez ceci ; tout mal que vous espérez faire vous fera non seulement bannir, mais si elle se fait couper ou bousculer, vous aurez affaire à moi.

Chloé et une autre femme, Rebecca, se sont avancées et ont éclaté de rire. « Vous vous attendez à ce que nous la suivions ? Elle n'est rien. Elle ne peut même pas se retourner. C'est une honte.

"Regarde comment tu parles à mon compagnon." Marvens laissa échapper un grognement alors qu'il s'avançait.

"Elle n'a pas le droit d'être ta compagne", a déclaré Rachel, une autre amie de Lorna. « Tu ne devrais pas être avec quelqu'un d'aussi faible. Cela vous donne l'air ainsi.

"Ne le fais pas," dit Lorna.

"Vous ne pouvez pas rester les bras croisés pendant qu'elle emmène l'homme qui est censé être le vôtre." Rachel avait l'air à la fois en colère, ennuyée et énervée.

"C'est censé être le mien?" Lorna fronça les sourcils.

Taïna lui agrippa le bras, espérant le garder... sain d'esprit. Elle ne le savait pas. Son cœur s'emballa et soudain, il y eut un autre grognement, et cette fois, Lorna s'avança. Seulement, elle ne s'est pas opposée à Marvens ou à elle. Elle s'est placée devant Marvens et a grogné contre les femmes.

« Taïna s'est accouplée. Peu importe ce que vous voulez. Elle est la compagne de l'alpha et, en tant que telle, vous lui ferez preuve de respect. Lorna se tenait grande.

La puissance qui émanait d'elle était intense.

Chloé et Rebecca étaient fortes, mais pas aussi fortes que Lorna. Même Rachel, qui n'a pas reculé, avait l'air choquée. "Tu ne peux pas être sérieux."

"Je suis."

Lorna leur a fait l'insulte ultime en leur tournant le dos. Elle regarda Marvens avec un sourire avant de se tourner vers Taïna.

«Je m'offre en protection. Je souhaite qu'aucun mal ne lui arrive. C'est une personne merveilleuse et elle fera des choses incroyables pour cette meute. Sa gentillesse est légendaire. Notre peuple prospérera. Elle s'inclina et se mit à genoux.

"Mais tu voulais le poste", a déclaré Taïna.

Lorna leva la tête. «J'ai toujours su qu'il y avait quelque chose de spécial chez toi. Un odorat incroyable. Je sais ce que tu peux faire, et je l'ai vu de mes propres yeux quand nous grandissions. Vous avez réussi à retrouver le garçon disparu du touriste alors que personne d'autre ne le pouvait. Vous m'avez donné le mérite de quelque chose que vous avez fait. Nous n'en avons jamais parlé jusqu'à présent. Il y eut un murmure autour de la meute. « J'en parle maintenant pour qu'ils sachent à quel point tu es vraiment puissant. Vous ne pourrez peut-être pas vous retourner, mais cela ne vous rendra pas faible. Vous êtes fort à bien des égards. Je voulais être son compagnon mais seulement parce qu'il n'en avait pas. Je voulais contribuer à rendre cette meute forte et être à ses côtés. Vous êtes tous les deux mariés. Je peux voir la marque et le lien que vous avez tous les deux. Personne ne devrait jamais déchirer ses amis, et c'est une pratique à laquelle je n'ai jamais accepté ni même voulu participer. L'amour et les amis vont de pair, et vous et Marvens, vous êtes faits l'un pour l'autre.

Les larmes lui remplirent les yeux et elle sentit les émotions monter en elle.

«Je ne savais pas que tu ressentais cela», dit-elle.

"Tu es une personne merveilleuse, Taïna." Lorna lui prit la main. "Puis-je avoir l'honneur de vous protéger?"

«Oui», dit Taïna.

Marvens râclé sa gorge.

"S'il le dit, bien sûr."

Lorna rit. "Cela va être intéressant."

Avec Marvens de retour à ses côtés et Lorna de l'autre, Taïna fut choquée lorsqu'un par un, la meute s'agenouilla, montrant leur respect et leur loyauté envers eux deux.

Même Chloé et Rebecca ont fait de même.

« Ne vous inquiétez pas pour eux. Je garderai un œil sur eux et m'assurerai qu'ils connaissent leur place.

"Merci", a déclaré Marvens. "Cela signifie beaucoup pour moi et je ne l'oublierai jamais."

Il fit un signe de tête à chaque homme et elle sourit. Elle vit le bonheur dans ses yeux.

C'était ce qui était censé arriver. Ce qu'elle avait espéré.

Alors que les hommes et les femmes se relevaient, ils se dirigèrent tous vers eux, les serrant dans leurs bras et les félicitant pour leur accouplement actuel.

Au moment où la lune était haute dans le ciel, elle attira Marvens vers elle et l'embrassa durement. "Aller courir. Je vais rester ici et vous préparer à tous de la nourriture.

Elle les regarda partir, mais Lorna resta en retrait. "Je courrai quand Marvens reviendra."

"Mais le plaisir va te manquer."

«Je vous ai juré ma loyauté. Je te garderai en sécurité, et cela signifie plus pour moi que tu restes en vie que de mourir.

Taïna a fait un câlin à son amie. "Merci."

« Merci de ne pas nous avoir quittés ou d'avoir abandonné. Je sais que je ne suis pas le meilleur ami de toi, mais j'espère changer cela.

Taïna savait qu'elle disait la vérité. C'était pour cela qu'elle pouvait lui faire confiance. Pendant plusieurs minutes, elle resta debout, regardant dans l'obscurité. Un petit désir en elle aurait souhaité pouvoir aller les rejoindre, profiter de la sensation de la pleine lune, voir son loup s'échapper, mais elle ne ressentirait jamais cela.

Juste au moment où elle s'apprêtait à partir, elle entendit le bruit distinctif d'une brindille qui claquait.

Rachel était là avec Chloé, toutes deux nues.

"Lorna pense peut-être que tu as gagné, mais nous ne pouvons pas te laisser devenir le compagnon d'un alpha. Tu es une abomination !

Taïna se tendit alors que les deux femmes bondirent, mais elle ne sentit rien. Lorna était là.

"Grosse erreur."

En un clin d'œil, elle avait tué Chloé. Rachel s'était arrêtée.

"Tu n'aurais pas dû suivre Chloé", dit Lorna.

Tout aussi rapidement, Rachel fut ligotée au moment où Marvens traversait les arbres. "J'ai vu ce qu'ils essayaient." Il se précipita vers Taïna. "Êtes-vous d'accord?"

"Je vais bien. Je vais bien."

"Je les ai sentis revenir", a déclaré Lorna. «Je pensais qu'ils essaieraient quelque chose. Chloé est morte, Alpha, je suis désolé.

Rachel n'a pas lutté contre ses liens, mais elle a regardé Lorna comme si elle était le diable.

"Tout s'est passé si vite", a-t-elle déclaré.

«Ils vous auraient tué. Ne les pleurez pas. Ils ne le méritent pas », a déclaré Lorna.

Marvens se dirigea vers Rachel. Elle n'a même pas supplié pour sa vie. "Elle n'en est pas digne." Comme Lorna l'avait fait avec Chloé, Marvens a cassé le cou de Rachel et Taïna s'est précipitée vers Lorna.

"Ne le fais pas," dit Lorna. « Ne pensez pas que je vais la pleurer. Elle était une traîtresse et ne mérite pas mes larmes.

Taïna Elle savait que quiconque tenterait de faire du mal à un alpha ou à son compagnon serait condamné à mort, mais elle ne croyait pas vraiment que quelqu'un essaierait de lui faire du mal.

"Je vais m'en occuper", a déclaré Marvens. "Allez, tu n'as pas besoin de voir ça."

«Tout cela est de ma faute», a déclaré Taïna.

"Non. Ne pense pas ça. La faute en incombe à eux, à personne d'autre. Je ne vous permettrai jamais de croire que c'est vous qui êtes à blâmer. Vous n'êtes pas. Ils sont."

"Il a raison", a déclaré Lorna. « Leur mort repose sur leurs épaules, pas sur la vôtre. Ils connaissent les règles. Tout le monde connaît les règles.

« Je vais m'en occuper. Allez, aidez les autres.

«Je t'aime», dit-elle.

"Je t'aime aussi." Marvens l'embrassa durement et la poussa à avancer. Elle retourna lentement vers la ville sans se retourner. Les bars de restauration étaient déjà ouverts, en train de cuisiner. Ses mains tremblaient un peu, mais elle savait qu'elle devait rester coincée et aider, sinon personne n'aurait été nourri.

Se déplaçant derrière l'un des bars alimentaires, elle a commencé à aider les hommes et les femmes restés sur place à nourrir la meute affamée.

Elle les entendit hurler au loin. En fermant les yeux, elle pouvait sentir son compagnon, et cela la réconfortait.

Il courait dehors, donc il avait dû s'occuper de Rachel et Chloé, mais il reviendrait bientôt vers elle ; elle l'a senti. Elle n'avait aucune raison de laisser croire à ces deux femmes qu'elles avaient gagné. Ce n'était pas le cas. Lorna et Marvens avaient raison. Ces deux-là avaient fait leur choix, et ce n'était pas le bon. Ce n'était pas sa faute, c'était la leur.

Marvens reviendrait toujours et elle l'accepterait toujours à bras ouverts. C'est comme ça qu'ils étaient censés être.

Poussant un soupir de soulagement, elle se mit au travail.

La meute serait bientôt de retour, et ce n'était pas elle qui les laisserait mourir de faim.

Épilogue

Cinq ans plus tard

Marvens il tenait la main de sa compagne alors qu'elle donnait une nouvelle poussée. C'était leur deuxième enfant, et après le premier, il s'était promis de ne plus jamais la mettre enceinte. Il avait échoué, mais il voulait fonder une grande famille avec elle. Ce n'est que maintenant qu'elle souffrait qu'il trouvait cela un fardeau. Il ne supportait pas de la voir souffrir, c'était donc la chose la plus horrible à voir.

Elle se laissa tomber sur le lit.

La meute était sur la place du marché en attendant les nouvelles, s'occupant de leur fils aîné, Zack.

"Je t'ai, bébé. Encore une poussée. Tu sais que tu peux le faire."

Cela faisait maintenant cinq ans qu'ils étaient accouplés. La meute avait hésité à l'accepter comme compagne. Ils avaient juré leur loyauté, mais il savait qu'ils doutaient. Ils pensaient qu'il devait avoir quelqu'un de fort et de féroce. Quelqu'un qui pouvait se battre.

Jour après jour, elle leur avait prouvé le contraire.

Chaque fois que l'un d'eux avait un problème, ils allaient la voir et elle résolvait leurs problèmes. Rien n'a jamais été trop difficile à gérer pour elle. Au cours des cinq dernières années, sa meute s'était agrandie et prospérée.

Il avait la meute la plus heureuse du monde en ce qui le concernait.

Leurs ennemis ne posaient plus de problème non plus. La meute frontalière avait été invitée chez eux et ils s'étaient mis d'accord pour toujours aider et protéger.

Taïna avait organisé la rencontre. Elle avait senti leur peur et savait qu'ils attaquaient parce qu'ils craignaient qu'il les attaque.

Les problèmes ont été résolus et les meurtres passés ont été effacés.

Tout cela n'avait été réalisé que par Taïna. Sa femme, sa compagne. L'amour de sa vie. La femme avec qui il voulait passer le reste de sa vie.

Il lui embrassa la tête tandis qu'elle la poussait à nouveau, se tenant les mains, et il espérait qu'aucune d'entre elles n'était cassée. Elle avait une putain de forte emprise.

Le son des cris du bébé emplit l'air et il haleta.

«Notre bébé», dit-elle.

Il s'est accroché à l'amour de sa vie pendant que la sage-femme emmaillotait le bébé et effectuait les contrôles dont elle avait besoin.

"Bien joué, Alpha", dit la femme. "Tu as une magnifique petite fille."

"Une fille?" » demanda Taïna.

"Oui. Une gentille petite fille.

Elle fut placée dans les bras de Taïna. Une vague de protection l'envahit, tout comme à la naissance de Zack.

"Regardez ce que nous avons fait, Marvens."

"Non, chéri. C'était tout toi. Vous en êtes la raison. Il lui embrassa la tête et lui tint la main libre.

Leur petite fille ouvrit les yeux et il sourit. Elle avait les yeux bleus, comme ceux de sa mère. Il savait qu'il y avait une chance qu'ils changent de couleur, mais il avait maintenant une fille.

"C'est la dernière", dit-il en lui murmurant les mots à l'oreille.

Taïna a ri. "Nous verrons. Tu l'as dit à propos du dernier, et bien, nous avons une petite fille en ce moment. Elle posa sa tête contre sa poitrine. "Je suis la femme la plus chanceuse du monde."

"Non, bébé, je suis l'homme le plus chanceux. Je t'aime tellement.

Il l'embrassa et savait que revendiquer sa propriété était la meilleure chose qu'il ait jamais faite.

La fin

Don't miss out!

Visit the website below and you can sign up to receive emails whenever Ashley Colem publishes a new book. There's no charge and no obligation.

https://books2read.com/r/B-A-TMQAB-XZLPC

BOOKS2READ

Connecting independent readers to independent writers.

Did you love *Taïna est en feu*? Then you should read *Bien Trop Brutal*[1] by Ashley Colem!

[2]

Le jour de son mariage, Chloé découvre que l'homme qu'elle pensait épouser n'était pas Roman Smith, mais Roman Sidorov, membre de la Zaitsev Bratva. Les personnes responsables du meurtre de ses parents et de son frère. Même si elle le déteste parce qu'il lui a menti, Chloé ne peut nier qu'elle l'aime. Ils sont mariés maintenant. Il n'y a pas de retour en arrière.

Roman a été envoyé pour la tuer. Il avait bien l'intention d'aller jusqu'au bout, mais chaque jour où il revenait, il ne pouvait se

---

1. https://books2read.com/u/4Ep1Po

2. https://books2read.com/u/4Ep1Po

résoudre à le faire. Alors, il l'a fait tomber amoureuse de lui. Il ne sait pas ce qu'est l'amour. Tout ce qu'il sait, c'est qu'il doit garder Chloé.

Lorsque Zaitsev prend une décision, la vie de Chloé est en jeu. Roman doit faire un choix, sauver sa femme ou exécuter l'ordre qui lui a été donné.

Also by Ashley Colem

Bien Trop Brutal
Obsede Par Elle
Limite dépassée
Amour Improbable
Kataliya, la Parfaite Élue
Le Choix Ultime d'un Seul Amour
Réveille-toi, Barbara
Sexe à Répétition
Taïna est en feu